KOMIC KIDS

童心童真

作者 劉俐

SAGEBOOKS
HONGKONG

https://sagebookshk.com

前言

　　童心，孕育在人生最寶貴且短暫的時期。稚嫩的大腦神經和感官纖維賦予孩童獨特的聯想力、想象力和感性，開創無限的發展空間。

　　童真，啟源於他們對世界有了一部分的認識，卻又未參透世故，因此對所見所聞的理解相對地坦率直接。

　　童心童真，讓小朋友用他們已學會的字*，去品嘗各種不同的情景小故事，連帶吸收一些歷史、語文、數理、天文知識，就這樣半玩、半笑、半學習地去感受閱讀在生活中的真正地位。

　　要是家長也能從中體會孩童的心、孩童的真，在每日緊湊繁累的育兒生活中的瞬間須臾，發出一絲會心的微笑，拉近了您和孩子的感情聯繫，那就再好不過了。

　　祝孩子和您閱讀愉快！

*漫畫故事內所用的字，都在基礎漢字500課程以內。

簡易免費增值

白雪天使

曬太陽

★ 每個故事的題目下面，都有一個QR二維碼。

　掃一掃，就可以得到更多相關的學習資源和知識，還有動畫喔。

小朋友：

　　你好！

　　這本是你能自己看明白的故事書。書中有你認識的人物，還有你喜愛的動物們，都來和你一起玩呢！每個故事的最後面還有一張黑白的圖，可以用你喜愛的顏色把他們變得更漂亮啊！

　　希望你能愛上這本書。記得要讀給爸爸、媽媽、老師、還有朋友們……聽啊。

目錄
Contents

入門篇

進階篇

入門篇

公平

觀 星

白雪天使

15

哈哈...

小狗捉迷藏

目 的

越來越高了

完成了

27

從頭再來!

29

我的理想

你長大以後
想做甚麼?

飛機師

畫家

34

足球明星

春天

我愛春天

為甚麼？

春天，花開了
能採到許多花蜜

春天

我會有弟弟妹妹

42

母 親 節

你愛媽媽

44

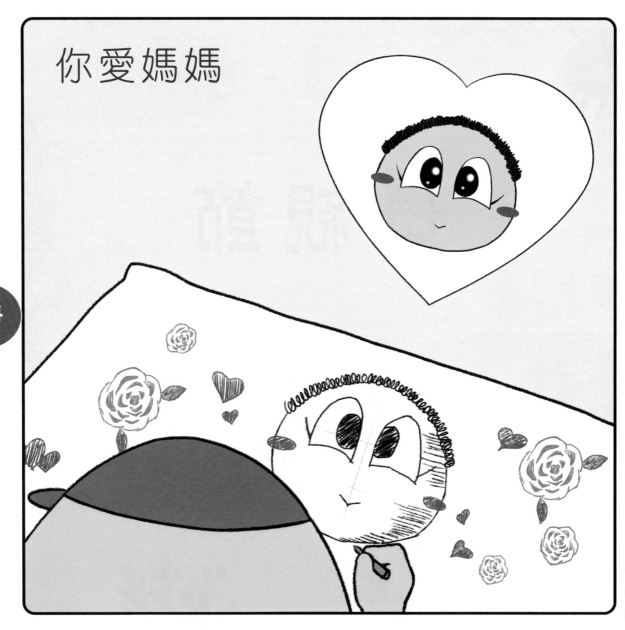

我們愛媽媽

小明也愛媽媽

哪裏　哪裏

表哥游泳
得第一名

51

哪裏！哪裏！

54

數 糖

那...我再數一次

疑 問

我從哪裏來？

62

你從媽媽肚子裏
跑出來的。

63

那在媽媽肚子裏以前，
我在哪裏？

我是怎樣走進媽媽的肚子裏？

雪姑七友

白雪公主和七個新朋友
快樂地住在樹林裏。

黑心的王后帶着壞蘋果
找到了她。

白雪公主只咬了一口，
就睡過去了。

白馬王子來了，親了親她，
她就醒過來了。

...不起

記不起

對不起

進階篇

穿鞋

86

畫 小 貓

在哪裏呢？

牛 年 快 樂

五星高照
心想事成

東成西就
歲歲平安

青雲直上
馬到功成

96

口部的字

「吃」是口字旁

吃

我們用口吃東西

「咬」也是口字旁

咬

101

我們用口咬東西

他「哭」起來
很大聲

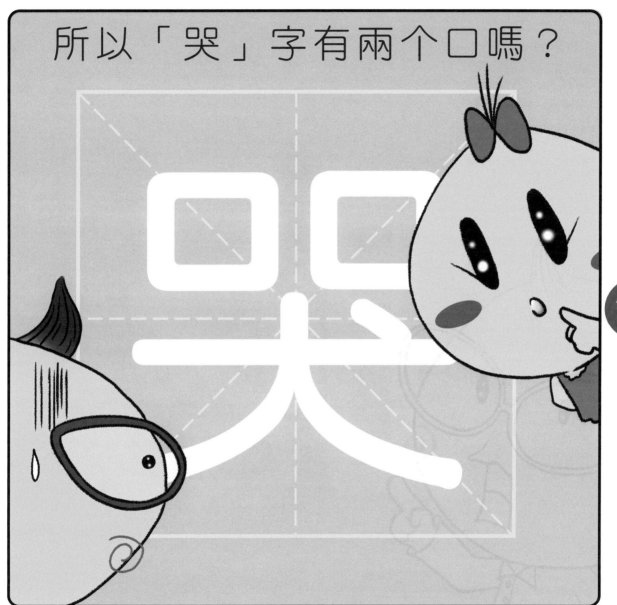

吃

忙

出來一起玩吧。

我很忙

107

她近來一直沒空…

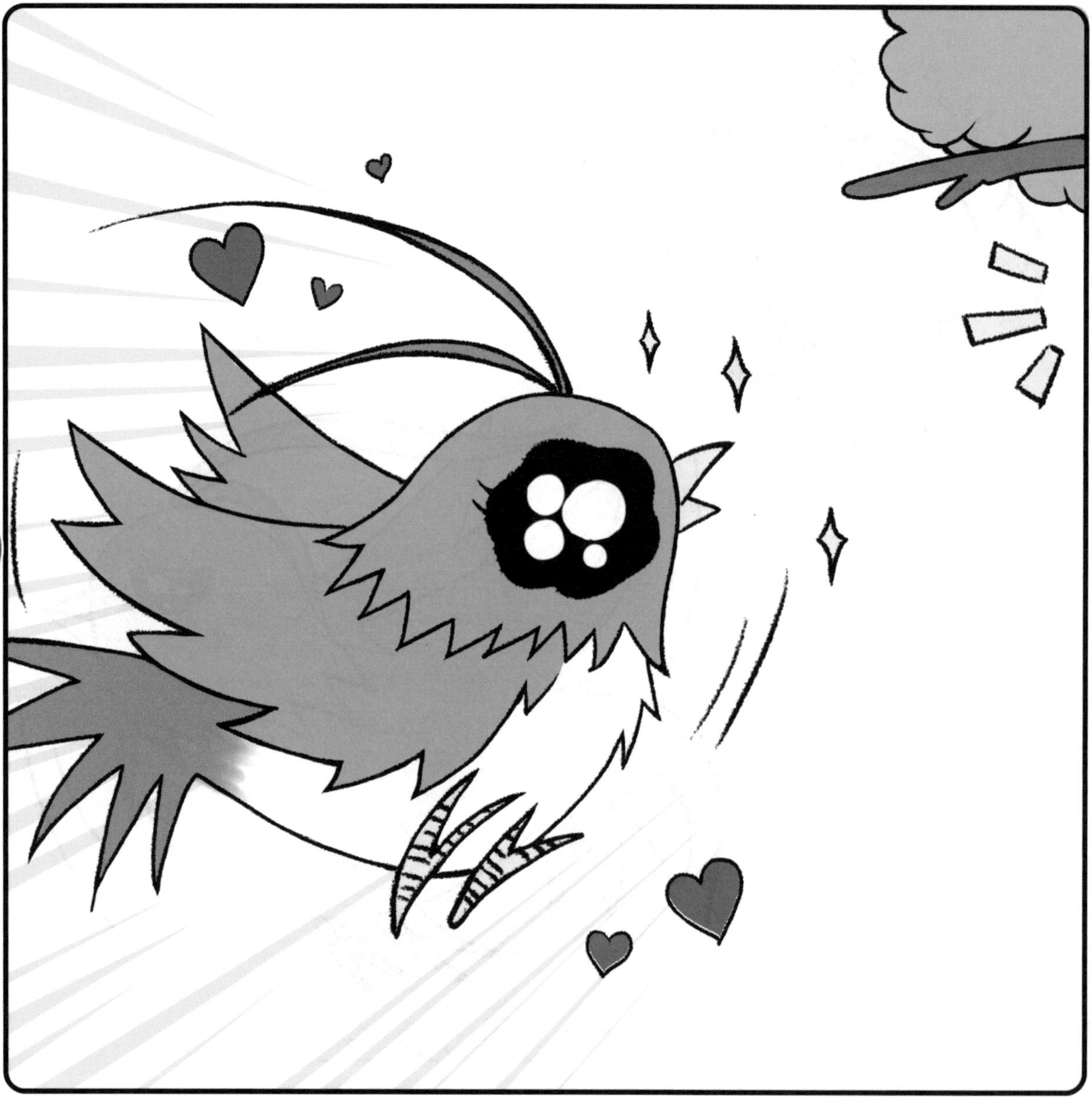

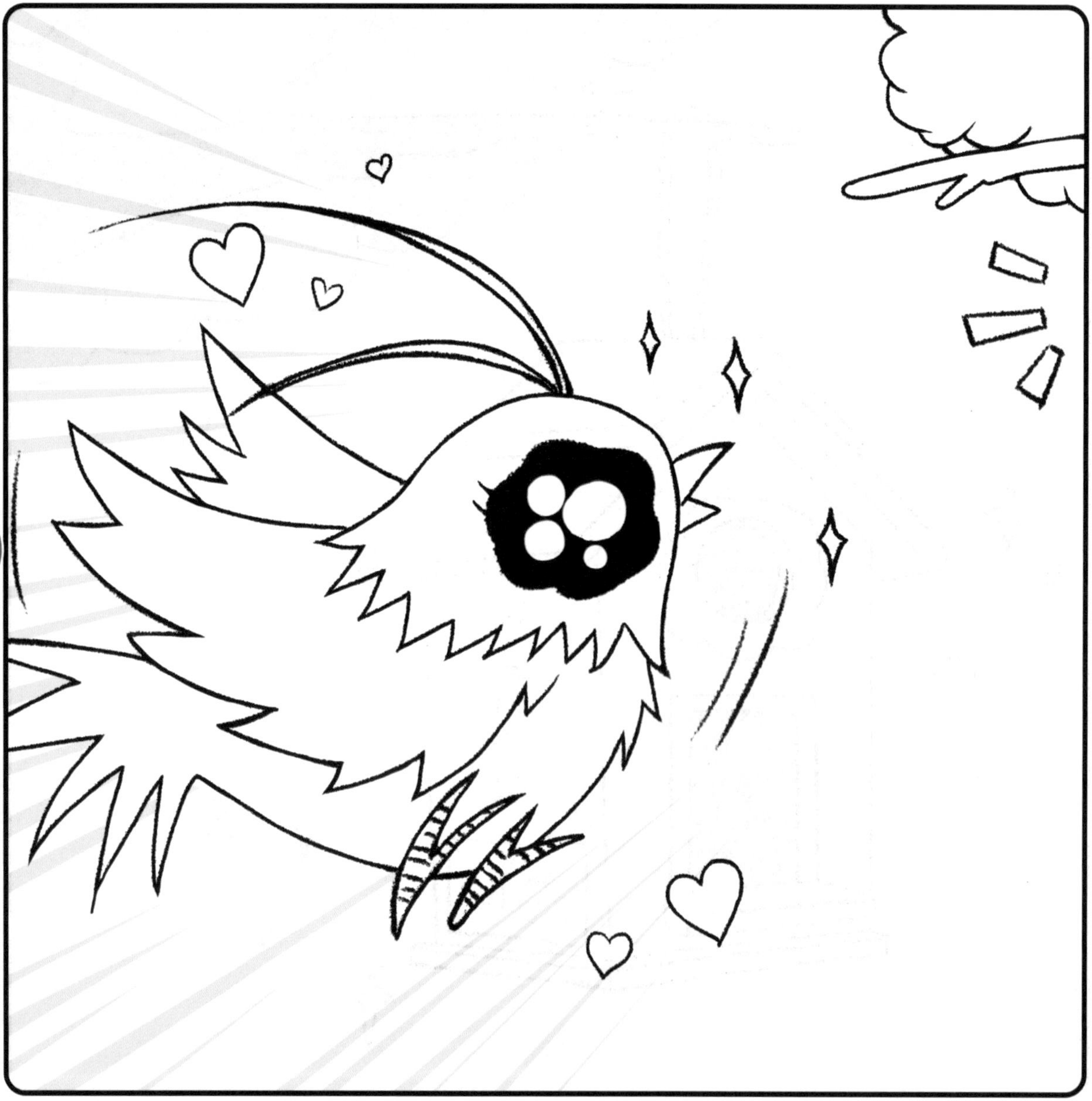

五月舞

我拉着帶子向右邊走

112

小明拉着帶子向左邊走

歡樂的五月舞

114

春回大地了

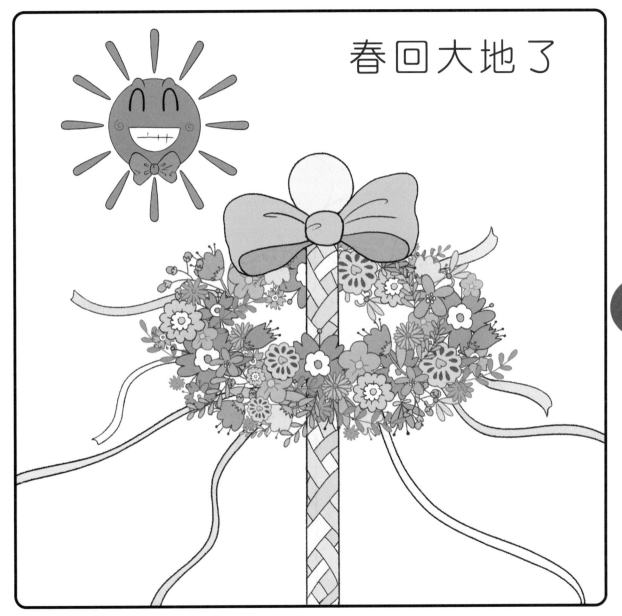

115

表哥

表哥做事很認真

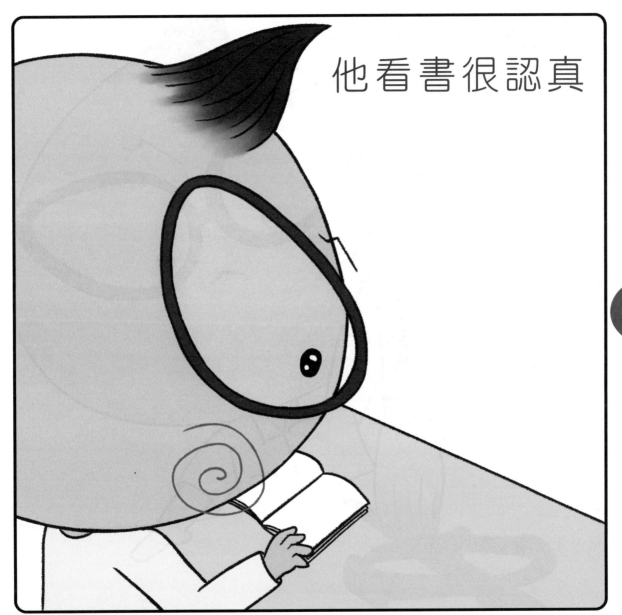

他看書很認真

他寫字很認真

小蜜蜂

小蜜蜂受傷了
快救救他！

來，給他喝一口糖水吧

小蜜蜂能再次飛起來了

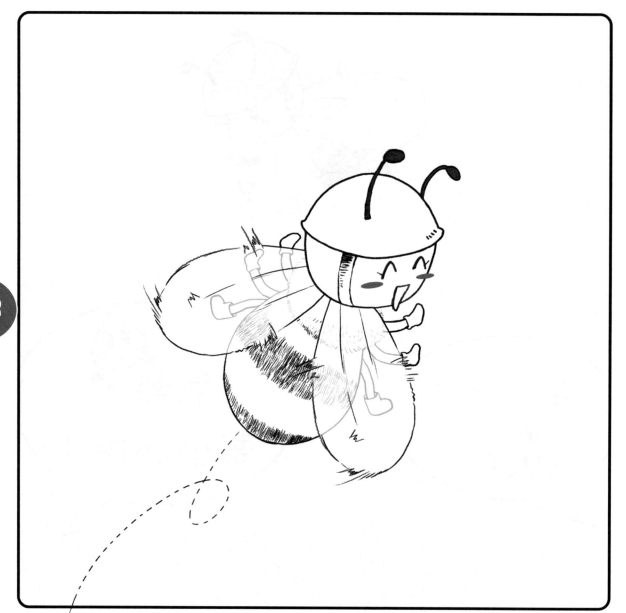

曬太陽

天氣熱，我們到海邊去玩

我們在曬太陽

我們在玩沙

玩了一天，真高興

怪 物

我是從外太空來到地球
的怪物

他們真的相信我們！

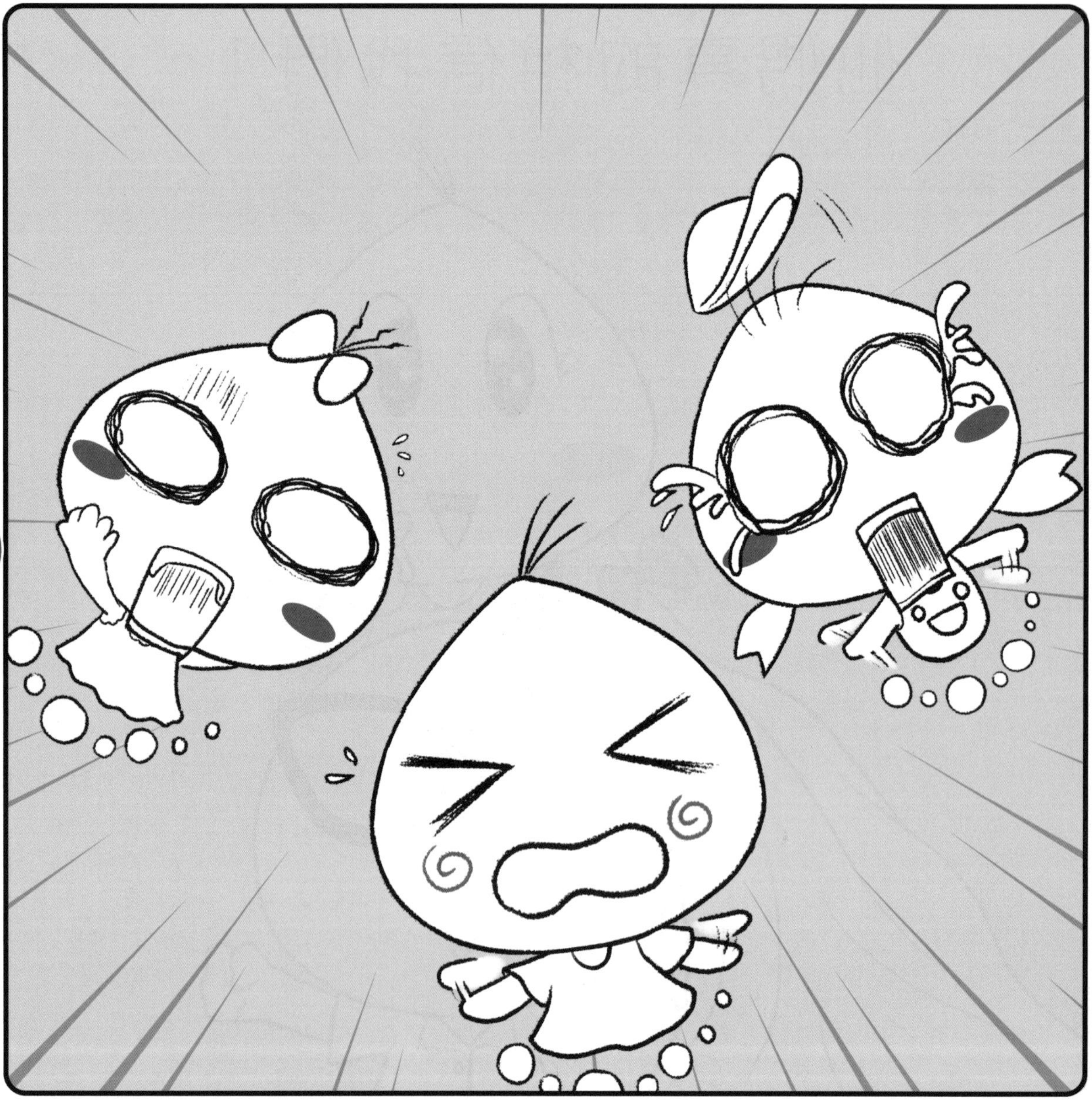

醜 小 鴨

小鴨子長得和別人不一樣，
大家都笑他很難看。

他到處去找朋友，
可是沒有人喜歡他。

經過了夏天和秋天，
小鴨子只有自己一个
過着非常冷的冬天。

終於等到了春天，小鴨子
長成了美麗的天鵝。

秋天在哪裏

秋天在山上，太陽照着西山一片火紅。

秋天在田裏，秋風吹動了滾滾的金黃。

149

秋天在天上，
成群的候鳥飛過藍天白雲。

秋天飄到地上，被我拾起，放進了書裏。

152

忽冷忽熱

甚麼叫忽冷忽熱？

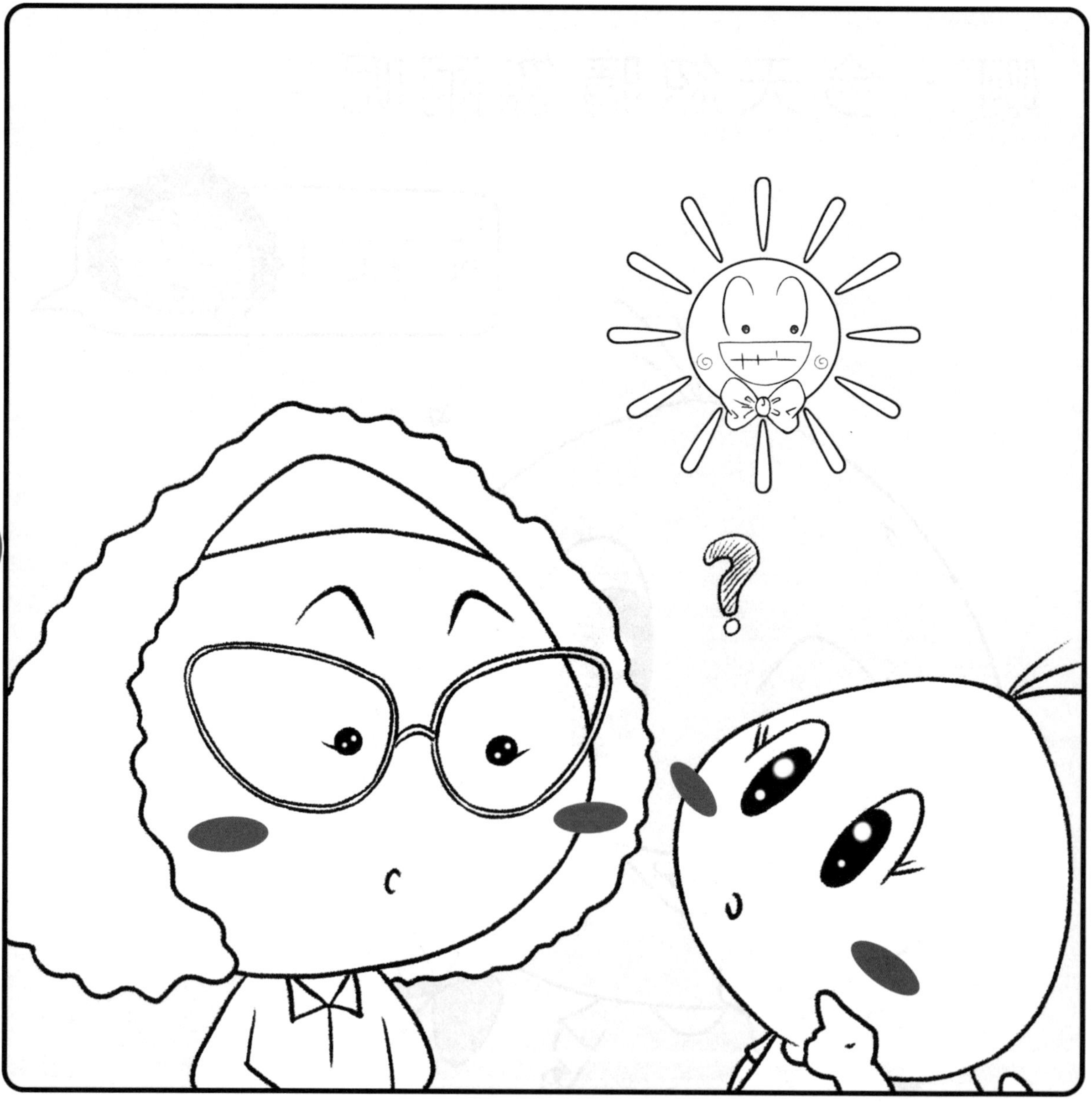

SUPER

中文教學法

Scientific 科學化

Understand 易於理解

Professional 專業系統化學習

Entertaining 寓學習於娛樂

Read to Learn 從閱讀養成終生學習

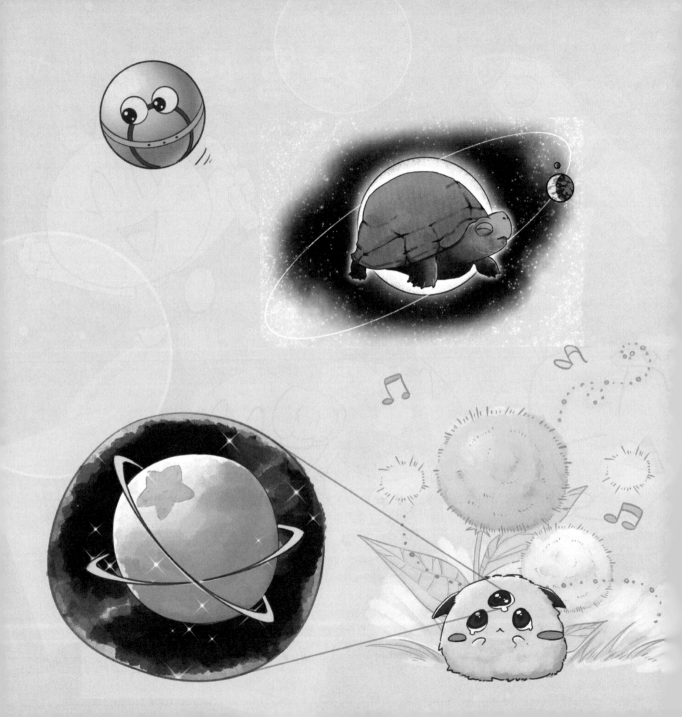

作者：劉俐
繪圖：楊皓
出版：思展兒童文化社有限公司
地址：香港荃灣海盛路 11 號 One Midtown 9 樓 15 室
電郵：admin@sagebooks.hk
電話：+852 3529 1243
傳真：+852 2253 0528

2022年1月 初版

歡迎瀏覽本社網站：
https://sagebookshk.com

ISBN: 978-988-8517-74-9

Author: Lucia L. Lau
Illustrator: Hao Yang

First edition January 2022

Published in paperback in Hong Kong by Sagebooks Hongkong.
Text and illustration copyright © Sagebooks Hongkong.

Email: admin@sagebooks.hk
Tel: +852-3529-1243
Fax: +852-2253-0528

Please visit our website at:
https://sagebookshk.com